Analyse de l'œuvre

Par Natacha Cerf et Kelly Carrein

Merci pour ce moment

de Valérie Trierweiler

lePetitLittéraire.fr

Rendez-vous sur lepetitlitteraire.fr et découvrez :

Plus de 1200 analyses
Claires et synthétiques
Téléchargeables en 30 secondes
À imprimer chez soi

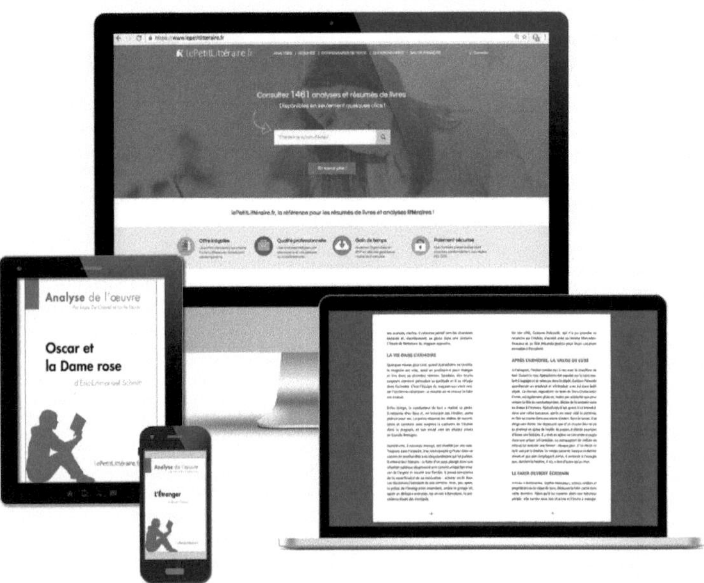

VALÉRIE TRIERWEILER   1

MERCI POUR CE MOMENT   3

RÉSUMÉ   4

Une relation passionnelle
L'arrivée au pouvoir
La présidence de la République
Une rumeur inquiétante
La rupture
Le temps de la convalescence
Tourner la page

CLÉS DE LECTURE   13

Le genre autobiographique
et ses particularités
Dénoncer la presse mensongère
Une image présidentielle écornée
Activités humanitaires
d'une première dame
La division des libraires
et l'impitoyable critique

PISTES DE RÉFLEXION   29

POUR ALLER PLUS LOIN   32

VALÉRIE TRIERWEILER

JOURNALISTE POLITIQUE ET CULTURELLE FRANÇAISE

- **Née en 1965 à Angers (Maine-et-Loire)**
- **Quelques-unes de ses réalisations :**
  - *Les 60 jours de Jospin*, en tant que collaboratrice (2002), reportage photo
  - *François Hollande président : 400 jours dans les coulisses d'une victoire* (2012), reportage photo
  - *Merci pour ce moment* (2014), essai autobiographique

Valérie Trierweiler Massonneau, née le 16 février 1965 à Angers, est une journaliste politique et culturelle française. Issue d'une famille modeste de six enfants, elle obtient un DESS (diplôme d'études supérieures spécialisées) en communication politique et sociale à l'université Paris 1 Panthéon-Sorbonne en 1988. Un an plus tard, elle est engagée à *Paris Match* pour couvrir les sujets politiques et suivre le Parti socialiste. À partir de 2005, elle anime différentes émissions télévisées politiques et culturelles dont *Le Grand 8*, *Politiquement parlant* ou encore *Blog Notes*.

Mariée depuis 1995 à Denis Trierweiler (né en 1952), secrétaire de rédaction à *Paris Match*, elle entame une procédure de divorce en 2007 à la suite de sa relation avec François Hollande (homme politique français, né en 1954), débutée deux ans plus tôt.

Lorsque ce dernier devient président de la République en

2012, Valérie Trierweiler prend son rôle de première dame très à cœur en s'engageant dans plusieurs causes humanitaires. Mais la liaison qu'il entretient avec la comédienne Julie Gayet (née en 1972) a raison de leur couple, qui prend officiellement fin le 25 janvier 2014. Néanmoins, la rupture n'empêche pas Valérie Trierweiler de poursuivre son engagement aux côtés de quatre grandes associations : le Secours populaire, France Libertés, Action contre la faim et ELA (Association européenne contre les leucodystrophies).

Son premier roman, *Le Secret d'Adèle*, parait dans le courant du mois de mai 2017 : il raconte l'histoire d'amour entre Gustave Klimt (peintre autrichien, 1862-1918) et l'une de ses modèles, Adèle Bloch-Bauer.

MERCI POUR CE MOMENT

UNE AUTOBIOGRAPHIE TRÈS CONTROVERSÉE

- **Genre :** essai autobiographique
- **Édition de référence :** *Merci pour ce moment*, Paris, Les Arènes, 2014, 320 p.
- **1ʳᵉ édition :** 2014
- **Thématiques :** vie privée, vie publique, monde politique, mensonge, présidence, trahison, presse, médiatisation

Merci pour ce moment est un essai autobiographique publié le 4 septembre 2014, dans lequel Valérie Trierweiler revient sur ses années passées au côté de François Hollande. La sortie de l'ouvrage, préparé en secret, n'a été annoncée que deux jours avant sa mise en librairie. Tiré initialement à 200 000 exemplaires, il s'est finalement vendu à plus de 750 000 exemplaires en France métropolitaine.

Il a cependant été très mal accueilli par la majorité du monde politique et médiatique, qui le présente comme un étalage public vengeur dépourvu d'intérêt, si bien que certains libraires ont même refusé de le vendre. L'auteure justifie toutefois son travail par son besoin de se reconstruire et son désir d'écrire la vérité, en droit de réponse à des calomnies jamais démenties. L'œuvre dénonce donc, entre autres, l'omniprésence du mensonge dans les médias.

RÉSUMÉ

UNE RELATION PASSIONNELLE

À la fin des années 1980, Valérie Trierweiler, alors journaliste politique, rencontre François Hollande dans un cadre strictement professionnel. Leur relation devient peu à peu ambigüe, la jalousie de sa compagne se fait sentir et les premières rumeurs apparaissent.

Le soir du 14 avril 2005, ils s'avouent leur attirance mutuelle et s'embrassent pour la première fois à Limoges, alors qu'ils sont tous les deux encore en couple, elle avec Denis Trierweiler, lui avec Ségolène Royal (femme politique française, née en 1953). Cette relation restera cachée pendant plusieurs années, notamment en raison de la campagne présidentielle de Ségolène Royal en 2007.

François Hollande se sépare de sa compagne après l'élection présidentielle de 2007 et officialise dans la foulée sa relation avec Valérie Trierweiler. C'est lui qui s'est montré pressant envers la journaliste, faisant basculer une amitié ambigüe en amour-passion ; pourtant mariée à un homme qu'elle apprécie, elle ne peut lui résister.

Le début de cette liaison passionnelle est idyllique : ils passent beaucoup de temps ensemble, et Hollande, qui dévore la vie avec un optimisme hors-norme, ne cesse de la faire rire et transforme toute contrariété en quelque chose de positif. Ils se retrouvent souvent le jeudi, leur « jour », devenu le symbole de leur amour clandestin. Écrasée par les relations politiques et publiques que François Hollande entretient toujours avec Ségolène Royal, Trierweiler tente de le quitter à plusieurs reprises, mais il parvient toujours à la reconquérir. Cependant, leur complicité apparemment inébranlable commence à se dégrader avec l'envol de la carrière politique de Hollande en 2010.

L'ARRIVÉE AU POUVOIR

Cette année-là, l'esprit de François Hollande est entièrement voué à la préparation de sa candidature aux primaires socialistes de 2011, l'élection organisée par le Parti socialiste et le Parti radical de gauche en vue de désigner leur candidat commun à l'élection présidentielle.

Valérie Trierweiler est écartée des rencontres avec ses amis, qui ne lui accordent aucun crédit politique. Son conseil n'est écouté que lors d'une réunion visant à décider la manière d'annoncer la candidature de François Hollande à la présidentielle : selon elle, celle-ci doit se faire via une déclaration officielle depuis son fief de Tulle (Corrèze).

D'un commun accord, Valérie Trierweiler n'est pas présente lors de la déclaration qui a lieu le 31 mars 2011, mais elle se sent mise à l'écart. Personne ne pense à la prévenir de l'avancement de la communication de François Hollande, et ce dernier n'a le temps que pour un bref coup de téléphone et un diner au restaurant largement écourté. La suite de la campagne est à l'image de cette annonce : elle n'est au courant de presque rien au sujet des meetings organisés, et son compagnon multiplie les mensonges et les mystères, fragilisant toujours plus leur couple.

Après le premier tour des présidentielles, Martine Aubry (femme politique française, née en 1950) et François Hollande sont seuls en lice. Ce dernier a conclu un accord, entre autres financier, avec son ex-compagne, Ségolène Royal, pour qu'elle renonce aux primaires, ce que Valérie Trierweiler a longtemps ignoré. Le 16 octobre 2011, Hollande l'emporte et devient le candidat du Parti socialiste et du Parti radical de gauche pour l'élection présidentielle de 2012.

Cette victoire est inattendue : en 2010, personne ne croit en la victoire de Hollande, à l'exception de lui-même. À l'époque, Dominique Strauss-Kahn (économiste et homme politique français, né en 1949), alors président du Front Monétaire International, caracole en tête des sondages. François Hollande, quant à lui, est complètement discrédité suite à la défaite de son ex-compagne à la présidentielle de 2007 ; il ne récolte que 3 % des intentions de vote dans les sondages, où il n'est pas toujours cité. Il est cependant convaincu de battre « DSK » à la primaire socialiste : l'arrestation de son adversaire, pour viol, en mai 2011, lui donnera raison.

HOLLANDE AVANT LES PRÉSIDENTIELLES

En 1979, François Hollande rejoint le Parti socialiste et devient le conseiller économique de François Mitterrand (homme d'État français, 1916-1996). Près de dix ans plus tard, en 1988, il est élu député de la première circonscription de Corrèze. En 1995, il devient porte-parole et chargé de presse du Parti socialiste, choisi par Lionel Jospin (homme politique français, né en 1937) puis, deux ans plus tard, premier secrétaire du PS. Poursuivant sa carrière politique, il accède en 1999 à un poste de député européen, avant de devenir maire de la ville de Tulle en 2001. En 2007, il renonce à se présenter aux élections présidentielles en faveur de Ségolène Royal, qui échoue face à Nicolas Sarkozy (homme d'État français, né en 1955).

LA PRÉSIDENCE DE LA RÉPUBLIQUE

Le 6 mai 2012, lorsque François Hollande est élu président de la République, battant le président sortant, Valérie Trierweiler, pressentant la mise à l'ombre qui l'attend, ne parvient pas véritablement à se réjouir. Elle tente de partager avec lui ce grand moment d'émotion, mais il la repousse. Leur complicité d'antan est à présent terminée, balayée par les attraits du pouvoir et remplacée par l'indifférence du président. Il l'invite tout de même à le rejoindre sur la tribune pour entamer un pas de danse sur *La Vie en rose* (1946) d'Édith Piaf (chanteuse française, 1915-1963).

Durant les semaines qui suivent son élection, le comportement du président à l'égard de Valérie Trierweiler change, et l'homme se transforme en un véritable goujat. Il n'a aucun mot gentil par rapport à sa situation de cible des médias, ne l'encourage dans aucune de ses activités, nie ses bonnes actions, désire qu'elle s'efface et devienne transparente. Il ne supporte pas même les titres positifs des journaux qui la concernent. À ses yeux, elle ne doit être qu'un faire-valoir. L'état physique de la première dame empire : exéma, prise de poids et douleurs musculaires sont autant de manifestations physiques d'un malêtre psychologique. Les réactions des médias et de son compagnon ne font que renforcer son sentiment d'illégitimité.

L'attitude du président s'explique sans doute par la blessure narcissique dont il a souffert lorsqu'il était en couple avec Ségolène Royal : François Hollande a un jour confié à sa compagne sa frustration et sa souffrance d'avoir dû partager le devant de la scène avec son ex-compagne, plus populaire que lui.

UNE RUMEUR INQUIÉTANTE

La même année, en 2012, un diner avec des artistes organisé sans que Valérie Trierweiler n'en soit informée est à l'origine d'une rumeur lancinante à propos de la relation que le président entretiendrait avec l'actrice Julie Gayet. Au début insensible à ce ragot, tant elle est habituée aux inventions des médias, la première dame finit tout de même par s'en inquiéter : au vu de l'état de son couple et sachant que le célèbre paparazzi Pascal Rostain (né en 1958) est reçu sans rendez-vous par le président, elle doute. Valérie Trierweiler demande alors à l'actrice de démentir via un communiqué. Julie Gayet va même plus loin en menaçant de porter plainte contre les colporteurs de la rumeur.

Quelque temps plus tard, l'humoriste Stéphane Guillon (né en 1963) assure que le président s'est rendu sur le tournage du film de Julie Gayet. À nouveau, la journaliste exige un démenti, et François Hollande s'exécute malgré la vérité de l'information. Un soir, pour apaiser la douleur de cette situation à la suite d'une violente dispute, elle prend des somnifères en excès et tombe inanimée. Hollande la laisse là sur le divan sans une parole, un témoignage supplémentaire de son indifférence.

LA RUPTURE

Le point de non-retour est atteint le 9 janvier 2014, alors que Valérie Trierweiler partage un repas avec l'équipe de la crèche de l'Élysée. Elle est avertie par texto de la parution prévue le lendemain à la une du magazine *Closer* d'une photo montrant le président, coiffé d'un casque, en bas de chez Julie Gayet. François Hollande commence par nier les faits, puis finit par avouer la réalité de cette relation qui dure depuis un an déjà. Le soir même, il convoque une réunion pour faire face au scandale à venir, tandis que sa compagne s'effondre en larmes dans les bras du secrétaire général de l'Élysée, Pierre-René Lemas (né en 1951). Prête à pardonner, elle ne sait pas encore, à ce moment-là, qu'un communiqué de rupture est déjà évoqué lors d'une réunion où elle n'a pas été conviée.

Le 10 janvier, quand l'information éclate au grand jour, Valérie Trierweiler, détruite, se rue sur les somnifères et perd à nouveau connaissance. Au réveil, consciente de ne pas pouvoir survivre seule à cet ouragan, elle accepte d'être hospitalisée sur les conseils du professeur Jouvent, directeur du service de psychiatrie de la Pitié-Salpêtrière, appelé par le conseiller santé à l'Élysée.

L'affaire privée est traitée comme une affaire d'État, et son hospitalisation se déroule sous haute surveillance. L'équipe de François Hollande cherche à la faire sortir, car la situation ternit l'image présidentielle. La visite de ses proches lui apprend d'ailleurs l'inhumanité de l'Élysée à son égard.

Lors de la visite de son ex-compagnon, Valérie Trierweiler lui fait part de sa volonté de l'accompagner aux vœux de Tulle (les vœux présidentiels sont une allocution télévisée à l'occasion de la nouvelle année, dans laquelle le président dresse le bilan de l'année écoulée et émet ses souhaits pour l'année à venir), ce qui lui est radicalement refusé. Le jour des vœux, elle est incapable de lever ne fut-ce que sa fourchette : sa dose de tranquillisants a été surmultipliée pour s'assurer de son absence à Tulle, ce qui a grandement fait baisser sa tension artérielle.

LE TEMPS DE LA CONVALESCENCE

Encore extrêmement faible à sa sortie de clinique, elle poursuit sa convalescence au pavillon de la Lanterne, la résidence secondaire du chef de l'État. Pendant son repos, la journaliste lit les nombreux messages de soutien qu'elle reçoit de la part d'anonymes, de proches ou de personnes qu'elle a un jour aidées. Toutefois, peu de marques de soutien proviennent de l'Élysée et du gouvernement. Bon nombre la traitent déjà comme une paria et elle expérimente ainsi la laideur du jeu des amitiés en politique. Elle est un peu surprise de recevoir plus de marques d'amitié de représentants de la droite (nommée « l'autre camp ») que de la gauche.

François Hollande vient régler leur rupture au pavillon : ils évoquent le communiqué de presse et l'aspect financier.

Valérie Trierweiler refuse qu'on parle d'une séparation d'un commun accord, puisqu'elle n'a pas consenti à cette rupture. Financièrement, elle a toujours souhaité rester indépendante. François Hollande avait exigé qu'elle renonce à la télévision, ce qui représentait alors les deux tiers de ses revenus, mais si elle avait accepté d'abandonner la chaine *Direct 8* pour des questions de conflits d'intérêts, elle n'avait pas voulu lâcher sa rubrique culturelle dans *Paris Match*, qui lui procure tant de bonheur.

En outre, le président se déclare opposé au voyage humanitaire en Inde qu'elle s'apprête à faire pour soutenir l'association Action contre la faim. Il redoute que les journalistes la suivent et tremble de ce qu'elle leur dira. Quand Valérie Trierweiler retourne chercher ses affaires à l'Élysée, Hollande va jusqu'à lui proposer une dernière nuit, puis il lui envoie un texto lui affirmant qu'il l'aime toujours. Épuisée par les larmes, elle s'envole le lendemain pour l'Inde. Elle y visite un hôpital et assiste à une séance de formation du personnel médical, puis à un déjeuner de levée de fonds avec des femmes de chefs d'entreprises locaux.

TOURNER LA PAGE

Les semaines qui suivent, le président est métamorphosé. Attentionné, il la couvre de compliments, sait toujours où elle se trouve et y envoie des fleurs, l'encourage dans ses initiatives, la félicite au moindre de ses discours et lit même ses chroniques littéraires dans *Paris Match*, alors qu'il ne s'y était jamais intéressé auparavant. Malgré son emploi du temps très chargé, il prend le temps de lui envoyer des dizaines de messages par jour sur le manque, la réparation et le besoin de reprendre leur vie passée. Il multiplie les gestes symboliques et les déclarations enflammées.

Ce harcèlement touche beaucoup Valérie Trierweiler, mais elle résiste, car elle sait que c'est le gout de la conquête qui l'anime. En public, il ne prononce d'ailleurs jamais son nom et ne montre aucune trace de remords. De plus, il refuse de démentir officiellement sa relation avec Julie Gayet lorsque la presse affirme qu'elle se poursuit, mais il assure à Valérie Trierweiler que c'est faux. Pour elle, qu'il mente ou non, cela ne change plus grand-chose, car elle a tourné la page. Cette épreuve a été très difficile pour elle, qui a gardé une fragilité émotionnelle pendant plusieurs mois, s'effondrant en larmes face à des marques de soutien d'inconnus et consommant de nombreux médicaments.

Lorsqu'elle était première dame, Valérie Trierweiler était appelée « la compagne de François Hollande » ; maintenant qu'elle ne l'est plus, elle est désignée comme « l'ex-première dame ». Trainée hier dans la boue, elle est aujourd'hui très soutenue. Elle espère que la sincérité de ses engagements humanitaires, qui n'a pas faibli, sera reconnue.

CLÉS DE LECTURE

LE GENRE AUTOBIOGRAPHIQUE ET SES PARTICULARITÉS

Plusieurs genres littéraires relatent des faits réels : l'autobiographie, les mémoires, la chronique, etc. *Merci pour ce moment* présente un caractère ambivalent et pourrait être rapproché des mémoires, puisqu'il met en scène des personnages d'une relative importance en regard de l'histoire. Cependant, le caractère personnel de l'essai (c'est-à-dire une œuvre de réflexion personnelle – voire subjective – sur des sujets multiples et variés), à l'inverse des mémoires qui se focalisent sur des évènements historiques, le range dans la catégorie des textes autobiographiques. En effet, ceux-ci se centrent sur le récit en prose qu'une personne fait de sa propre vie ou d'une partie de celle-ci, en mettant l'accent sur les aspects psychologiques, comme l'a fait l'auteure.

Lorsque le lecteur se trouve face à un texte autobiographique, il peut se demander si tout ce qu'il lit est vrai. Il fait face à la subjectivité d'un auteur, qui raconte les faits selon son prisme personnel. Dès lors, le lecteur passe un contrat de confiance implicite avec l'auteur : en lisant une autobiographie, il admet que tout ce qui y est relaté est vrai. Cependant, certains auteurs jouent sur l'ambigüité, ce qui pourrait rendre les lecteurs confus : ils prennent leur propre vie comme point de départ de leur texte, mais y ajoutent des éléments fictionnels ; il s'agit alors d'autofiction, et non d'autobiographie.

Valérie Trierweiler joue avec la chronologie des évènements : l'essai débute sur sa rupture brutale avec le président, avant de revenir ensuite des moments-clés de leur relation (comme le début de celle-ci, l'affaire tempétueuse du tweet, les premiers moments du mandat présidentiel). L'auteure s'attarde également sur des moments précédant sa relation avec François Hollande, que ce soit son enfance ou sa vie de femme mariée : ces *flashbacks* savamment orchestrés lui permettent de dévoiler sa personnalité et d'expliquer ainsi certaines de ses réactions. Cette chronologie désarticulée empêche donc de considérer *Merci pour ce moment* comme une chronique, puisque ce genre littéraire est attaché à la chronologie des évènements relatés.

Que l'essai soit à 100 % véridique ou non, il est indéniable que Valérie Trierweiler avait pour volonté de transmettre sa version des faits la plus intime possible. Figure publique depuis de nombreuses années, elle a laissé tomber ce masque médiatique pour révéler les détails les plus sordides de cette rupture, et notamment sa grande faiblesse physique et morale en janvier 2015 : lors de l'épisode de son hospitalisation, elle utilise des adjectifs forts (tels que « loque », p. 28 ; et « ombre », p. 29) pour qualifier sa dépression, pour bien faire comprendre l'étendue de son désespoir au lecteur. Cette incursion dans l'intimité profonde de la journaliste raccroche sans conteste son essai au genre autobiographique.

DÉNONCER LA PRESSE MENSONGÈRE

Dans son ouvrage, Valérie Trierweiler tient à rétablir la vérité. Critiquée à de nombreuses reprises dans la presse, elle a fait l'objet de deux biographies calomnieuses dans les premiers mois du quinquennat de François Hollande : d'abord *La Favorite* (2012) de Laurent Greilsamer (journaliste français, né en 1953), ensuite *La Frondeuse* d'Alix Bouilhaguet (journaliste française) et de Christophe Jakubyszyn (journaliste français, né en 1967), dont les auteurs et la maison d'édition ont été condamnés par le tribunal de grande instance de Paris pour violation de la vie privée.

Une fausse fiche de police à son nom, lui prêtant de nombreuses liaisons avec des hommes politiques, avait également circulé dans les rédactions durant la campagne présidentielle. Celle-ci avait pour but de ternir la réputation de la journaliste, et ne présentait que des mensonges. Valérie Trierweiler souhaite ainsi donner dans son œuvre sa propre version des faits, éloignée du gout des journalistes pour le scandale.

Prise pour cible

À de nombreuses reprises, les faits et gestes de Valérie Trierweiler ont été la cible de critiques médiatiques assez virulentes, et ce dès la diffusion du clip de campagne présidentielle de François Hollande. Contrairement à ce que la presse a affirmé à l'époque, si la vidéo ne contient aucune image de Ségolène Royal, ce n'est pas à sa demande, mais selon la décision du réalisateur. Pourtant, Valérie Trierweiler, qui avait visionné le film avant sa diffusion, avait prévenu que toute la presse l'accuserait.

Cet acharnement des médias n'a fait que s'accroitre avec l'accession de Hollande à la fonction de chef de l'État. Le soir de sa victoire à l'élection présidentielle, le couple entame un pas de danse sur *La Vie en rose*, une surprise du maire de Tulle alors en fonction, sachant qu'il s'agissait de la chanson préférée de Valérie Trierweiler. La semaine suivante, en mai 2012 *L'Express* titre « Valérie Trierweiler en fait-elle trop ? » (p. 143), prétendant qu'elle a exigé cette chanson par choix politique, la rose étant le symbole du Parti socialiste. Quelques semaines plus tard, en juin 2012, le même journal titre « Qui est le chef ? » (*ibid.*), en représailles à son refus, pourtant poli et motivé par le sentiment qu'elle n'est pas encore prête, d'interview en tant que première dame.

Aussi, pour la formation du gouvernement, l'accuse-t-on d'avoir influencé le président. Il est pourtant faux de penser qu'elle ait eu le moindre pouvoir décisionnel. Ce sont surtout les jeux de pouvoir et les amitiés politiques qui ont eu de l'importance. Plusieurs décisions de François Hollande sont attribuées de façon erronée à Valérie Trierweiler, qui est critiquée pour ses supposées interférences.

Par ailleurs, ses paroles sont grandement déformées par les journalistes. Lors de la remise du prix de la fondation Danielle Mitterrand, dont elle est l'ambassadrice depuis le 20 septembre 2012, Valérie Trierweiler prononce un discours qui reprend les actions menées en son nom. Ses dernières phrases sont : « Danielle Mitterrand aurait-elle gardé le silence devant le drame des femmes violées en République démocratique du Congo ? Danielle Mitterrand aurait-elle gardé le silence devant le drame syrien et ses réfugiés ? », puis elle conclut par un « Je ne me tairai plus ». La phrase est alors entièrement sortie de son contexte et manipulée en vue de faire croire que la journaliste entend à nouveau intervenir dans le débat politique après une période de silence, ce qui provoque la fureur de François Hollande.

Non content de lui donner l'image d'une femme hautaine et ambitieuse, la presse lui bâtit également la réputation d'être attirée par le luxe et l'argent : les journalistes prétendent que pour la préparation de ses vacances avec le président au fort de Brégançon (lieu de villégiature officiel du président de la République française, situé dans le Var), Valérie Trierweiler a commandé du mobilier d'extérieur et des coussins hors de prix. Une rumeur que l'Élysée et son président refusent de démentir.

Tout au long de l'essai, le lecteur peut ressentir la pression continuelle subie par Valérie Trierweiler. Les acharnements médiatiques dont elle est victime, notamment au moment de la rupture, sont comparés à des catastrophes climatiques : « ouragan » (p. 22), « tempête » (p. 50), « raz-de-marée » (p. 188), etc. Ces métaphores ne sont sans doute pas innocentes et visent à démontrer l'impuissance de la journaliste face à des attaques qu'elle ne peut endiguer.

L'affaire du tweet

L'affaire qui a particulièrement déchainé les passions contre la première dame date du 12 juin 2012 : Valérie Trierweiler provoque un véritable scandale médiatique et politique en envoyant un tweet de soutien à Olivier Falorni (homme politique français, né en 1972), candidat dissident opposé à Ségolène Royal, lors du second tour des élections législatives à La Rochelle.

François Hollande lui avait fait la promesse qu'il ne soutiendrait pas Ségolène Royal à la présidence de l'Assemblée, et ce pour des raisons législatives : la loi exige la séparation des sphères publique et privée, or François Hollande a quatre enfants avec Ségolène Royal. Dans une dépêche, le président déclare pourtant son soutien sans faille à son ex-compagne dans la circonscription de Charente-Maritime.

Écœurée par sa persistance à mentir, Valérie Trierweiler envoie alors un tweet d'encouragement le 12 juin 2012 à Olivier Falorni, en qui elle croit réellement : « Courage à Olivier Falorni qui n'a pas démérité, qui se bat aux côtés des Rochelais depuis tant d'années dans un engagement désintéressé. » (cité par JOSEPH M. et DE ROYER S., « Le soutien fracassant de Trierweiler au rival de Royal », in *lefigaro.fr*) Lorsqu'elle rédige ce message, aveuglée par la colère, elle ignore l'ampleur des conséquences de son acte. Le président, furieux contre celle qui a terni son image, donne à ses ministres son aval pour envoyer à la journaliste des rappels à l'ordre. Les jours suivants, François Hollande demeure froid et distant, profondément marqué par l'incident.

Mais ce tweet est surtout l'occasion pour la presse de la dépeindre comme une femme acariâtre et jalouse, qui s'en prend à la mère des enfants de son compagnon et qui mêle sans distinction vie privée et vie professionnelle. Elle est accusée d'avoir contribué à la défaite électorale de Ségolène Royal, pourtant prévisible. Valérie Trierweiler est profondément touchée par cette image médiatique de maitresse illégitime, hystérique et briseuse de couple.

Seuls quelques éditorialistes soulignent le fait qu'elle ait servi de paratonnerre en permettant à François Hollande d'éviter les foudres de la presse qui, sans cela, lui aurait reproché son soutien à Ségolène Royal. Le jeu politique entre cette dernière et François Hollande est d'ailleurs sans fin : ils se servent sans cesse l'un de l'autre pour grimper les échelons du pouvoir. Valérie Trierweiler a beaucoup souffert de ces connivences, et Hollande n'a jamais rien fait pour apaiser sa jalousie.

UNE IMAGE PRÉSIDENTIELLE ÉCORNÉE

Dans son œuvre, l'auteure dresse un portrait du président qui ne lui est guère favorable. Son image et celle de sa fonction en sont d'ailleurs ressorties fortement affaiblies.

Valérie Trierweiler le décrit comme un homme froid (« Cette rupture, je n'en veux pas. Elle n'a rien de commun. Il me l'impose. Le ton est calme, froid. Tout est si triste », p. 44), jaloux (« Il me trompe depuis plus d'un an mais ne peut supporter l'idée que moi je puisse vivre ma vie », *ibid*.) et méprisant (« Je m'effondre devant la dureté de sa phrase, cette manière méprisante de "faire savoir" qu'il "met fin à la vie commune qu'il partageait avec Valérie Trierweiler" », p. 48).

Il est aussi calculateur (« Je critique aussi quelques noms qu'il évoque, [l]eur nomination est le résultat de calculs », p. 152), cynique (« Par quelle métamorphose cet homme que j'ai connu sensible, capable de mots apaisants et tendres, a-t-il pu devenir un bloc de métal, insensible et tranchant, ce cynique qui cherche la phrase qui fait mal ? », p. 256) et indifférent (« Le Président affairé, débordé et indifférent »,

p. 298). Lui qu'on pensait digne et fort face aux sondages désastreux qui le touchent serait en réalité avide de l'estime des journalistes et du peuple, recrachant sa frustration sur son entourage.

La journaliste le dit déshumanisé sous le poids de sa fonction et pense que l'ivresse des puissants l'a rendu incapable d'empathie, insensible et très arrogant. Il se considèrerait souvent comme un demi-dieu. Par exemple, lorsqu'elle lui a demandé ce qu'il avait pensé de sa rencontre avec Philippe Croizon (né en 1968), le premier athlète français amputé des quatre membres à avoir traversé la Manche à la nage, le président lui aurait répondu : « Je n'aime pas les handicapés qui font commerce de leur handicap. » (p. 256)

De même, selon la journaliste, le président n'aimerait pas les pauvres et se montrerait dédaigneux envers ceux qui ne sont pas sortis de grandes écoles ou qui n'ont ni propriété ni métier de haut niveau. Valérie Trierweiler a voulu lui faire découvrir la France en difficulté, mais il « préfère se passer d'un repas lorsque ce n'est pas du premier choix, ne mange pas [l]es fraises si elles ne sont pas des gariguettes, ne goute pas aux pommes de terre si elles ne proviennent pas de Noirmoutier [Vendée], et met directement à la poubelle la viande si elle est sous vide » (p. 184). Un soir, au sortir d'un repas de Noël passé dans la famille de sa compagne à Angers, Hollande a fait une remarque méprisante sur ses proches, les qualifiant de « pas jojo » (p. 228) en raison de leur infériorité sociale.

Trierweiler décrit Hollande comme un homme évoluant dans un milieu de bobos où tout le monde vote à gauche, mais où il faut faire appel à un conseiller pour connaitre le montant du SMIC (salaire minimum interprofessionnel de croissance).

Le mouvement des Sans-dents

Valérie Trierweiler raconte dans son livre qu'en privé, François Hollande appelle les pauvres les « sans-dents » (p. 229) et se montre même fier de ce trait d'humour. Choqués par cette révélation évidemment démentie par le président, plusieurs groupes militants de gauche et de droite ont vu le jour sur les réseaux sociaux : d'un côté, les Sans-dents de droite, anti-Hollande de la première heure, proches du syndicat étudiant UNI (Union nationale interuniversitaire) et des mouvements du type Hollande démission ; de l'autre, les Sans-dents de gauche, lancés entre autres par le mouvement Attac (Association pour la taxation des transactions financières et pour l'action citoyenne).

Tandis qu'à droite, les revendications des Sans-dents sont floues et appellent principalement à des rassemblements en vue de demander la démission du président, à gauche, ils dénoncent notamment l'insulte aux pauvres, aux chômeurs, aux retraités et autres délaissés de la société, et rejettent les mesures d'austérité gouvernementales.

En outre, selon la journaliste, François Hollande serait également incapable d'assumer ses responsabilités. Plus les sondages étaient mauvais, plus il rejetait la faute sur sa compagne et ses collaborateurs, sans jamais se remettre en question.

Enfin, il manquerait de clairvoyance et de lucidité : selon elle, il ne fait pas la différence entre ceux qui le suivent à l'Élysée pour lui-même et pour servir l'État, et ceux qui sont là pour leur propre carrière et pour jouir de son influence, comme Aquilino Morelle (homme politique français, né en 1962) et Jérôme Cahuzac (homme politique français, né en 1952), à qui le président accordait sa confiance et qui ont terni l'image de l'Élysée.

LES AFFAIRES MORELLE ET CAHUZAC

Le conseiller de l'Élysée, Aquilino Morelle, a été visé par une enquête pour ses liens passés avec des laboratoires pharmaceutiques. Accusé de prise illégale d'intérêts, il a été rémunéré 12 500 euros en 2007 par le laboratoire danois Lundbeck, alors qu'il travaillait à l'Inspection générale des affaires sociales. L'intéressé soutient n'avoir commis aucune faute et ne pas avoir été en situation de conflit d'intérêts.

Quant à Jérôme Cahuzac, ministre délégué chargé du Budget, il a été accusé en 2012 de blanchiment d'argent provenant de fraude fiscale par le site d'information Mediapart. Il possédait des fonds non déclarés sur un compte en Suisse, puis à Singapour. L'intéressé a reconnu les faits en avril 2013 et a aussitôt été exclu du Parti socialiste.

Le livre n'est cependant pas totalement dépourvu de compliments vis-à-vis du président. Valérie Trierweiler le décrit par exemple comme un homme doté d'une incroyable capacité de travail et se tuant à la tâche pour bien faire (« Il travaille comme un fou, le soir et le week-end, sans répit », p. 273).

ACTIVITÉS HUMANITAIRES D'UNE PREMIÈRE DAME

Merci pour ce moment contient de nombreux passages narrant les activités humanitaires de Valérie Trierweiler. Outre le fait que l'auteure éprouve l'envie de partager les moments particuliers qu'elle a vécus, elle tient également à démontrer l'utilité de sa fonction de l'époque, son rôle de première dame ayant souvent été dénigré par la presse, le public et le président lui-même. Pour le remplir, elle avait à sa disposition un bureau au siège de campagne du candidat du PS à Paris et un cabinet à l'Élysée, composé d'une chargée de mission, d'un chauffeur et de deux secrétaires, et dirigé par l'ancien journaliste Patrice Biancone (né en 1954).

Ainsi, Valérie Trierweiler a notamment réalisé un voyage humanitaire au Mali. Invitée par l'épouse du président malien Dioncounda Traoré (né en 1942), les deux premières dames ont abordé la question du sort des femmes et des enfants maliens subissant les dures lois islamistes dans le nord du pays. Le sujet de l'adoption d'enfants a également été discuté, le Mali ayant limité l'adoption internationale uniquement aux ressortissants maliens, ce qui a eu pour conséquence l'annulation des dossiers d'adoption d'environ

80 familles françaises. La première dame a par ailleurs reçu à l'Élysée le collectif Enfants adoption Mali, rassemblant plusieurs familles.

La journaliste a été la marraine de la Journée des oubliés des vacances, organisée par le Secours populaire français afin de permettre à 5 000 enfants défavorisés de profiter d'un jour de vacances. De manière générale, elle a effectué de nombreuses actions pour soutenir le Secours populaire.

Valérie Trierweiler évoque aussi le discours qu'elle a prononcé en tant qu'ambassadrice de la fondation France Libertés au Conseil des droits de l'homme à Genève pour plaider la cause des femmes congolaises, premières victimes de la guerre. Elle a défendu cette même cause à l'ONU (Organisation des Nations unies) devant les ministres des Affaires étrangères, puis a poursuivi le combat en réunissant près de 25 épouses de chefs d'État africains le 6 décembre 2013, afin de leur faire signer une charte les engageant à lutter contre ces violences, un document également ratifié par toutes les premières dames du monde.

La journaliste a donc mené plusieurs actions en vue de mettre fin à l'impunité, pour raisons économiques, des bourreaux qui se servent des femmes et des enfants comme d'une arme de guerre.

Enfin, pour dernier exemple, l'ex-première dame a fait la dictée aux élèves d'une classe de sixième d'un collège du 13e arrondissement de Paris dans le cadre de l'opération de sensibilisation « Mets tes baskets et bats la maladie » de ELA dans le but de faire connaitre les maladies rares appelées leucodystrophies et d'encourager les dons. Des familles de ELA ont d'ailleurs été invitées au repas de Noël de l'Élysée.

Toutes les photos de ses actions humanitaires ont été retirées du site de l'Élysée après la fin de sa relation avec le président. Si les diverses associations ont compris l'utilité de son rôle, l'opinion publique l'a toujours considérée comme une maitresse illégitime du président, et non comme la première dame, peut-être parce qu'elle n'était ni mariée avec François Hollande ni fortunée et qu'elle avait besoin de travailler. Xavier Kemlin, héritier du groupe Casino, l'a d'ailleurs accusée en mars 2013 de détournement de fonds publics. Selon lui, Valérie Trierweiler n'étant pas liée juridiquement à François Hollande, elle ne pouvait être considérée comme une première dame, c'est-à-dire nourrie, logée et pourvue d'employés aux frais des Français.

LA DIVISION DES LIBRAIRES ET L'IMPITOYABLE CRITIQUE

Suite à la tornade médiatique suscitée par la sortie du roman, certains libraires ont refusé de proposer *Merci pour ce moment* dans leur commerce. L'ouvrage a été publié par une maison d'édition indépendante, Les Arènes, qui l'a fait imprimer dans le plus grand secret en Allemagne et n'a révélé son existence qu'au tout dernier moment.

Face à l'engouement pour cette œuvre, un mouvement spontané intitulé Non merci pour ce moment est né chez certains libraires qui ont bravé la loi via des affichettes de *boycott* sur la devanture de leurs vitrines : ils estiment que le livre a tué la rentrée littéraire, et qu'ils ont été pris en otage, privés de l'exercice de leur métier qui n'a consisté qu'à répondre aux demandes concernant cette autobiographie les premiers jours de sa sortie. De plus, ils se sont plaints des conditions mystérieuses et non conventionnelles qui ont dicté la sortie de l'ouvrage et jugent l'œuvre sans aucun intérêt pour leurs lecteurs.

À l'inverse, d'autres libraires ont considéré cette édition comme une véritable aubaine : l'immense succès du livre les a aidés à acquérir de nouveaux clients qui ne seraient jamais entrés dans une librairie avant cela. Par ailleurs, cet ouvrage a été un réel moteur économique permettant de financer d'autres œuvres moins faciles à vendre.

L'édition de *Merci pour ce moment* cristallise ainsi toutes les problématiques inhérentes aux métiers du livre, obligés de fonctionner à coup de parutions occasionnelles ultras médiatiques pour pouvoir survivre et contraints parfois de sacrifier leur ligne éditoriale et leurs valeurs.

Quant à la réception du livre de Valérie Trierweiler, elle a été pour le moins extrêmement critique. Bien que ne contenant aucun secret d'État, *Merci pour ce moment* a été presque unanimement condamné par la presse et par le monde politique. Ceci n'est guère étonnant étant donné le traitement peu élogieux qu'ils subissent l'un comme l'autre dans cette œuvre.

Le public ne s'est pas montré plus clément, et l'œuvre a été qualifiée par beaucoup d'outrage aux bonnes mœurs ou d'exhibition impudique de la vie privée. En raison du portrait terrible que l'auteure dresse du président, *Merci pour ce moment* a été perçu comme une véritable bombe politique et sentimentale. François Hollande y est présenté comme l'un des hommes politiques les plus dénués d'affect, animé en permanence d'une grande indifférence. L'image du président a été pulvérisée, et le livre qualifié d'assassin en tous points.

Selon certains, Valérie Trierweiler, détruite par François Hollande, aurait uniquement cherché à l'anéantir en retour, en répondant à son communiqué de presse assassin de 18 mots visant à la congédier sans appel par un livre de 300 pages. Telle est la conclusion tirée sur l'œuvre en dépit des raisons évoquées par l'auteure elle-même : son besoin de dire la vérité après tant de silence face aux mensonges calomnieux et sa volonté de se reconstruire. Notons, à titre anecdotique, que la première édition du livre, diffusée très rapidement (il fut achevé le 31 juillet 2014 et publié six semaines plus tard) comporte huit fautes d'orthographe, témoignant sans doute de l'empressement de Valérie Trierweiler à publier cet ouvrage.

Ainsi, le peuple condamne. Celui-là même qui s'est rué sur le magazine *Closer* offrant à la une des images du président casqué sortant de chez sa maitresse, si bien que l'hebdomadaire a signé, ce jour-là, un record de vente. Le déballage de la vie privée choque et offense. Pourtant, les téléréalités les plus extrêmes continuent de connaitre un succès croissant, de même que les biographies ou autobiographies regorgeant de détails parfois bien plus intimes. On condamne ce que l'on consomme.

Cette hypocrisie peut s'expliquer par le fait qu'il s'agit là d'une confession inédite et jamais vue : le livre est sorti alors que le président était encore en fonction, et désacralise ainsi totalement la fonction et la symbolique présidentielles. Il s'agit en quelque sorte d'un manque de respect qui touche non seulement le président, mais la France elle-même en tant que nation, ridiculisée à l'échelle internationale.

Toutefois, que peut signifier une fonction sacrée et sa-cralisée dans un État laïc ? François Hollande n'est-il pas lui-même largement responsable du ridicule dont il est affublé ? En réalité, les nombreuses caricatures dont il a été victime, les photos le montrant à son désavantage et son comportement ont œuvré à son discrédit bien avant la sor-tie de ce livre. La dignité de la fonction a été endommagée certes, mais la faute n'en revient peut-être pas totalement à Valérie Trierweiler. La France ne l'a pas attendue pour ternir l'image de François Hollande. Enfin, plus qu'une vengeance, l'auteure a peut-être également cherché à pointer du doigt le caractère totalement trompeur du débat politique en France : on y ment sans cesse et en toute impunité sans que le mensonge ne soit dénoncé.

PISTES DE RÉFLEXION

QUELQUES QUESTIONS POUR APPROFONDIR SA RÉFLEXION...

- Certains libraires ont refusé de vendre *Merci pour ce moment*, estimant que l'ouvrage n'était d'aucun intérêt pour leurs lecteurs. Que pensez-vous de cette attitude visant à imposer aux lecteurs la valeur culturelle et intellectuelle de ce qu'il convient de lire ?
- Selon vous, le livre de Valérie Trierweiler a-t-il réellement porté atteinte à la réputation du président ? Si oui, pourquoi ?
- De quelle autre œuvre peut être rapproché *Merci pour ce moment* ?
- L'ouvrage aura-t-il d'après vous une influence sur la confiance qu'accorde le public aux informations dispensées par la presse ?
- Pensez-vous qu'un ouvrage comme *Merci pour ce moment* pourrait influencer la politique actuelle, voire inciter les Français à se détourner de la politique par écœurement ?
- Comment expliquez-vous, à titre personnel, la condamnation de *Merci pour ce moment* pour impudeur, à une époque où le public est pourtant friand d'émissions de téléréalité ?
- Êtes-vous d'accord avec la critique générale autour du livre ?
- La lecture de cet essai a-t-elle influencé votre opinion de François Hollande ?
- Pensez-vous que l'essai aurait eu un impact différent si le texte avait été rédigé chronologiquement, au lieu de

débuter par le moment de la rupture ?

- Pensez-vous que *Merci pour ce moment* aurait connu une autre réception s'il avait été publié après la présidence de François Hollande ?

POUR ALLER PLUS LOIN

ÉDITION DE RÉFÉRENCE

- TRIERWEILER V., *Merci pour ce moment*, Paris, Les Arènes, 2014.

ÉTUDES DE RÉFÉRENCES

- JOSEPH M. et DE ROYER S., « Le soutien fracassant de Trierweiler au rival de Royal », in *lefigaro.fr*, consulté le 19 juillet 2017. http://elections.lefigaro.fr/presidentielle-2012/2012/06/12/01039-20120612ARTFIG00447-le-soutien-fracassant-de-trierweiler-au-rival-de-royal.php.
- WESTFRIED M., « Valérie Trierweiler en fait-elle trop ? », in *lexpress.fr*, consulté le 3 juillet 2017. http://www.lexpress.fr/actualite/politique/valerie-trierweiler-en-fait-elle-trop_1115454.html.

Retrouvez notre offre complète sur lePetitLittéraire.fr

- des fiches de lectures
- des commentaires littéraires
- des questionnaires de lecture
- des résumés

ANOUILH
- Antigone

AUSTEN
- Orgueil et Préjugés

BALZAC
- Eugénie Grandet
- Le Père Goriot
- Illusions perdues

BARJAVEL
- La Nuit des temps

BEAUMARCHAIS
- Le Mariage de Figaro

BECKETT
- En attendant Godot

BRETON
- Nadja

CAMUS
- La Peste
- Les Justes
- L'Étranger

CARRÈRE
- Limonov

CÉLINE
- Voyage au bout de la nuit

CERVANTÈS
- Don Quichotte de la Manche

CHATEAUBRIAND
- Mémoires d'outre-tombe

CHODERLOS DE LACLOS
- Les Liaisons dangereuses

CHRÉTIEN DE TROYES
- Yvain ou le Chevalier au lion

CHRISTIE
- Dix Petits Nègres

CLAUDEL
- La Petite Fille de Monsieur Linh
- Le Rapport de Brodeck

COELHO
- L'Alchimiste

CONAN DOYLE
- Le Chien des Baskerville

DAI SIJIE
- Balzac et la Petite Tailleuse chinoise

DE GAULLE
- Mémoires de guerre III. Le Salut. 1944-1946

DE VIGAN
- No et moi

DICKER
- La Vérité sur l'affaire Harry Quebert

DIDEROT
- Supplément au Voyage de Bougainville

DUMAS
- Les Trois Mousquetaires

ÉNARD
- Parlez-leur de batailles, de rois et d'éléphants

FERRARI
- Le Sermon sur la chute de Rome

FLAUBERT
- Madame Bovary

FRANK
- Journal d'Anne Frank

FRED VARGAS
- Pars vite et reviens tard

GARY
- La Vie devant soi

GAUDÉ
- La Mort du roi Tsongor
- Le Soleil des Scorta

GAUTIER
- La Morte amoureuse
- Le Capitaine Fracasse

GAVALDA
- 35 kilos d'espoir

GIDE
- Les Faux-Monnayeurs

GIONO
- Le Grand Troupeau
- Le Hussard sur le toit

GIRAUDOUX
- La guerre de Troie n'aura pas lieu

GOLDING
- Sa Majesté des Mouches

GRIMBERT
- Un secret

HEMINGWAY
- Le Vieil Homme et la Mer

HESSEL
- Indignez-vous !

HOMÈRE
- L'Odyssée

HUGO
- Le Dernier Jour d'un condamné
- Les Misérables
- Notre-Dame de Paris

HUXLEY
- Le Meilleur des mondes

IONESCO
- Rhinocéros
- La Cantatrice chauve

JARY
- Ubu roi

JENNI
- L'Art français de la guerre

JOFFO
- Un sac de billes

KAFKA
- La Métamorphose

KEROUAC
- Sur la route

KESSEL
- Le Lion

LARSSON
- Millenium 1. Les hommes qui n'aimaient pas les femmes

LE CLÉZIO
- Mondo

LEVI
- Si c'est un homme

LEVY
- Et si c'était vrai…

MAALOUF
- Léon l'Africain

MALRAUX
• La Condition
  humaine

MARIVAUX
• La Double
  Inconstance
• Le Jeu de l'amour
  et du hasard

MARTINEZ
• Du domaine
  des murmures

MAUPASSANT
• Boule de suif
• Le Horla
• Une vie

MAURIAC
• Le Nœud
  de vipères

MAURIAC
• Le Sagouin

MÉRIMÉE
• Tamango
• Colomba

MERLE
• La mort est
  mon métier

MOLIÈRE
• Le Misanthrope
• L'Avare
• Le Bourgeois
  gentilhomme

MONTAIGNE
• Essais

MORPURGO
• Le Roi Arthur

MUSSET
• Lorenzaccio

MUSSO
• Que serais-je
  sans toi ?

NOTHOMB
• Stupeur et
  Tremblements

ORWELL
• La Ferme
  des animaux
• 1984

PAGNOL
• La Gloire de
  mon père

PANCOL
• Les Yeux jaunes
  des crocodiles

PASCAL
• Pensées

PENNAC
• Au bonheur
  des ogres

POE
• La Chute de la
  maison Usher

PROUST
• Du côté de
  chez Swann

QUENEAU
• Zazie dans
  le métro

QUIGNARD
• Tous les matins
  du monde

RABELAIS
• Gargantua

RACINE
• Andromaque
• Britannicus
• Phèdre

ROUSSEAU
• Confessions

ROSTAND
• Cyrano de
  Bergerac

ROWLING
• Harry Potter à
  l'école des sor-
  ciers

SAINT-EXUPÉRY
• Le Petit Prince
• Vol de nuit

SARTRE
• Huis clos
• La Nausée
• Les Mouches

SCHLINK
• Le Liseur

SCHMITT
- La Part de l'autre
- Oscar et la
  Dame rose

SEPULVEDA
- Le Vieux qui
  lisait des romans
  d'amour

SHAKESPEARE
- Roméo et Juliette

SIMENON
- Le Chien jaune

STEEMAN
- L'Assassin
  habite au 21

STEINBECK
- Des souris et
  des hommes

STENDHAL
- Le Rouge et
  le Noir

STEVENSON
- L'Île au trésor

SÜSKIND
- Le Parfum

TOLSTOÏ
- Anna Karénine

TOURNIER
- Vendredi ou
  la Vie sauvage

TOUSSAINT
- Fuir

UHLMAN
- L'Ami retrouvé

VERNE
- Le Tour
  du monde
  en 80 jours
- Vingt mille
  lieues sous
  les mers
- Voyage au
  centre de
  la terre

VIAN
- L'Écume des jours

VOLTAIRE
- Candide

WELLS
- La Guerre des
  mondes

YOURCENAR
- Mémoires
  d'Hadrien

ZOLA
- Au bonheur
  des dames
- L'Assommoir
- Germinal

ZWEIG
- Le Joueur
  d'échecs

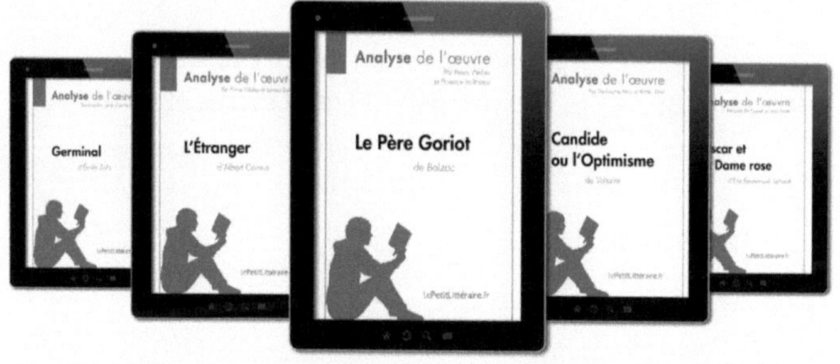

www.lepetitlitteraire.fr

ISBN version numérique : 978-2-8080-0170-0
ISBN version papier : 978-2-8080-0171-7
Dépôt légal : D/2017/12603/605

Avec la collaboration de Kelly Carrein pour la clé de lecture
« Le genre autobiographique et ses particularités ».

Conception numérique : Primento,
le partenaire numérique des éditeurs.

Ce titre a été réalisé avec le soutien de la Fédération Wallonie-Bruxelles, Service général des Lettres et du Livre.